天星诗库

划亮火柴

天星诗库·新世纪实力诗人代表作

赵雪松 著

赵雪松诗选（1990—2020）

山西出版传媒集团　北岳文艺出版社
·太原·

图书在版编目(CIP)数据

划亮火柴 / 赵雪松著. — 太原：北岳文艺出版社，2021.6
(天星诗库)
ISBN 978-7-5378-6400-8

Ⅰ.①划… Ⅱ.①赵… Ⅲ.①诗集－中国－当代 Ⅳ.①I227

中国版本图书馆CIP数据核字(2021)第081818号

划亮火柴

赵雪松 / 著

选题策划
刘文飞

责任编辑
刘文飞

书籍设计
张永文

印装监制
郭勇

出版发行：山西出版传媒集团·北岳文艺出版社
地　址：山西省太原市并州南路57号　邮编：030012
电　话：0351-5628696（发行部）　0351-5628688（总编室）
传　真：0351-5628680
经销商：新华书店
印刷装订：山西人民印刷有限责任公司
开　本：787mm×1092mm 1/32
字　数：152千字
印　张：5.5
版　次：2021年6月第1版
印　次：2025年1月山西第2次印刷
书　号：ISBN 978-7-5378-6400-8
定　价：38.00元

本书版权为本社独家所有，未经本社同意不得转载、摘编或复制

自 序

我修诗始于20世纪80年代中期。修诗于我并非只是自谦,而是写照。诗歌始于才华,而苦修既是花叶也是其自身的果实。苦修是一种作诗法,是一种态度,更意味着黑暗之路漫漫;苦修预期着光明之境的存在,更是修炼、反复锻打、自我追问与否定、养心养气的艰苦历程;苦修既指涉一种青灯黄卷的形式,也指涉一种幻化如禅境的文学风格。同时,它也代表着我的诗歌观念:诗从黑暗中升起之后,它灵魂的雕像与宗教拥有同一盘底座。它是根本的,当然也是过时的;它是老旧保守的,当然也是先锋的。它意味着枯坐——作为一种古老的道德一息尚存,也意味着激情灯火的向内烛照与开掘。一直以来,我之修诗被包裹在作为一种力量的幽暗之中,这不是完全的被动,而是主动选择的结果;我期望"修"如同古老的渴望一样,一点点退却黑暗,让语言发出除直射之外的多种照射方式之光亮。我修诗的铁砧上锻打磨洗的核心部件,是大地、故土、记忆、人性、爱——而苦难,是熔化的火,是锻打的铁锤。在诗之前,"修"意味着察觉、发现自己的生活、生存;决定着诗之高度的,正是这种发现的深度。反过来,"修"也意味着诗在改变着人的存在,"修"本身也在变为我苦苦追求的果实,因为它包含着诗。

我的诗不属于城市,我所追求的诗歌的声音,来自于自然的风声雨声、豆荚暴烈的声音、黄昏里蝙蝠的叫声、流水的声音、雪崩的声音、牲口的响鼻……它源自我的身体和灵魂与大地契合,并在人性中逐渐生长出来的古老力量;它丰富而宽厚,并不特别显示其风格形状,而彰显为一种错综复杂的和声效果。换句话说,我已经完成了生命背景声音系统的构造,我要并且已经开始创造出一种更加个性化的声效,这种声音孤绝而任性,有一种残酷的不容妥协的自我追问和担当。我从未意识到它的存在,但它出现了,仿佛不是我创造了它们,而是这些声音创造了我,我有一种从天而降般的觉醒和再生。

人类在时间的河流上顺流而下,而诗歌是一道灵魂的命令,一切同灵魂相关的写作都与人类文明的进程相逆反——它回溯人类精神的原初,穿越肉体和现象,回到心灵。在时代的环境里,它以固执地坚守和孤独地追问,表达艺术的真理。在艺术上,它有时使用了最为"先进"的激烈的形式,有时则在保守的老旧的姿势中牢牢地拥有着自己的灵魂。但在骨头里,却无一不是与同时代(滑行的时代)产生着难以熄灭的精神对视。我的心就被这些高贵的精神品质和艺术品质所吸引——杜甫、陶渊明、曼德尔施塔姆、狄金森、博尔赫斯、米沃什、雅姆……我想,和他们同时代的,还有许多将自己的思想情感诉诸文字的人,但那许多人将被遗忘,而他们将长存,成为一种精神的里程碑——仅仅用才华去描述他们显然是不够的。他们的写作始终有一种品质的统摄和照耀,这种品质感使他们的写作卓然不群。而一切心灵纯洁富有生命力的人都是有才华的,然而却不一定拥有写作的品质,尤其是与时代构成某种巨大精神关系的品质,因为这种品质的生长,需要对于信仰的固守,需要承受精神的历险,甚至需要骨子里天然的某种执拗乃至"愚钝"的品性。我想,对于一个真正的写作者,品质的要求有时有必要使之变得因大美而木讷、因坚守而老旧(像大象),对所要表达的事物保持清醒,以摆脱庸俗才华与人格坠落对于本色人性的洗劫,从而使灵魂里的"真"得以在各种文明中保存下来。在当代的写作中,品质因其稳固与恒久的形成与耐力,保持了与时代氛围的逆反。才华的境界与品质的境界犹如血肉和骨头构成有价值的写作。

我认为，人性的品质、思想情感及其语言的品质，将统摄在写作者较为完整的精神背景下（成熟的高境界的写作者的内心和文本里，总有独立的精神背景）。因为创作者的精神背景尚未建立或是根本性的缺失，使不断花样翻新、不断操练的形式终究得不到有效确立，写作及写作者的品质便难以呈现。每一个时代都有它自己的精神高度，缺乏品质性的写作，这个精神高度就难以言及、言明……

赵雪松于濯耳堂
2020 年 10 月

目录

卷一 | 露珠

002　钟声
003　乡民
004　倾诉
005　小牛
006　老家
007　三月
008　露珠
009　蒲公英
010　曲曲菜
012　春天
013　祁连山中
014　秋颂
015　星空
016　许多事物消失了
018　简介

卷二 | 划亮火柴

020　在柏林禅寺与众僧人午餐
021　幼儿园
022　深夜
023　石头

024	枯坐
025	春
026	划亮火柴
027	白花花的阳光
028	百米观光塔
029	忏悔
030	冰冻
031	追捕
032	穿越公路
033	交谈
034	惊蛰
035	阳光照耀着大家
036	遭遇羊群
037	清洁工
038	装卸工
039	农妇
040	十年
041	我辜负了一生的露水
042	华北平原

卷三 | 锄头

044	落叶
045	牡丹
046	父亲
048	低头
049	树木
050	老年

051	吹笛子的人
052	历城大教堂
054	锄头
055	山村

卷四 | 黄河

058	春日墓园
059	春天
061	黄河
062	黄河（二）
063	吃饭
064	嘘……
065	眼神
067	小动物之爱
068	心跳
069	西伯利亚的傍晚
070	母亲
071	米

卷五 | 安宁寺

074	冬天
075	故乡
076	瓜州
077	还原
078	黄河
079	黄河

080	黄河沙
081	残雪
082	开河
083	土
084	石狮子
085	枯坐
086	羞愧
087	傍晚
088	眼神
089	遗物
090	长芦寺
092	安宁寺
093	鞭打
094	蔡伦井
095	九华山
096	处境
097	为志华印本诗集
099	题香山
100	香山溪涧
101	我活得不如一只鸟
102	命运
103	冷血
104	立秋
105	秋日
106	刨树
107	年节
108	鸟巢
109	写字

卷六 | 天地

112　故土
113　皈依
114　黄河
115　清明节
116　早晨
117　春天
118　被修改的松树
119　不明不白
120　声音
121　无名氏
122　泪水
123　梅香墓
124　孔子
125　天地
126　颖园
127　鸟背

卷七 | 供奉

130　雪
131　供奉
132　鸟鸣
133　荒林
134　黄河
135　黄河
137　追捕

138　一代人
139　黑暗
140　木佛像
141　草木
142　山野

卷八 | 我的徒骇河

144　我的徒骇河（长诗）

159　后　记

卷一 | 露珠

钟声

我收拾旧书
书页间夹着钟声
那是特殊时辰
我匆忙跑到外面
寻找我自己

那是特殊时辰
钟声沿街流浪
我把它带到书中
用文字垒了一座坟

我曾安顿它
现在它安顿我的心

1990 年

乡民

吾乡民身上最多的
是土
吾乡民眼里最多的
是土
吾乡民口音里最多的
是土
吾乡民因为泥土而持久
因为热爱泥土而接近神灵

1993 年

倾诉

没有人坐在我对面
身前身后的黑暗合拢于我一身
过去诉不清的
如今更诉不清

1993 年

小牛

随羊水扑通一声坠地
一头小牛降生在
荒凉草棚
夜空从破洞漏下
我看见母牛使劲帮它舔胎衣
仿佛在说：不是这样的……
它寻奶的嘴沾满草屑
它尝试站起来
看见墙上的轭具和
上面布满的星光

1995 年

老家

秋雨下在我荒凉心坎

我就是地上生生灭灭的水泡
回到低处
我出走的地方

雨,满街叫着我的乳名

1995 年

三月

活过来的人懂得热爱
渐暖的天气
苍白泥泞的小路
怜惜的田野上
返青的野菜、虫命

活过来的人拿什么说话呢
我虚弱,渴望
像一件落满灰尘的家什
蜿蜒的田埂

活过来的人懂得痛哭
打开春天第一道闸门

1995 年

露珠

遗失多年的露珠
那是生活之外的果实
仍挂在卑微的草尖上
那里面收藏着我最初的太阳
还有河岸上金黄的微光
伴着简陋的幻想

1999 年

蒲公英

小时候我不被大人看好
因为我喜欢蒲公英
到了痴迷的程度
我迷恋它的轻
我仰着脸追它
周围的一切模糊而晕眩
我专注于它飞行的曲线
它随时改变方向诱惑我
被周围和我自己的重量
没有什么可以叫我停下来
我追着蒲公英跑出村子
跑出乡,跑出县……
一路跌跌撞撞地跑过
故乡春天的河山

2015 年

曲曲菜

荒疏、低矮的门楣
没有什么传下来
该砸的,该烧的
都已化为灰烬——只有
满嘴曲曲菜苦味的清香
无法被剥夺

清寒之家何以源远流长
白根、青绿,出自料峭春寒
这是最后的学习
曲曲菜蘸酱的口味——最后的传承

满含苦味的清香
我开口跟人说话
像母亲洗白的旧衣裳
父亲用严寒壮筋骨
谦卑,自重,魂儿都在
如房檐上的积雪
融化在家的心里

站在落日的河岸上
问一问:什么是家啊——
一座老房子,一个祖上的名字

还有未出生的
天南地北算不上分别
我们的身体里
苦味的清香没有了
这个家,也就真的散了

2016 年

春天

一棵杨树没有活过来
它在一大丛迎春
和杏树中间显得特别刺眼
想拔掉它,但徒手难以办到
于是围着它用铁锹挖坑
坡地上,鸟在欢叫
花儿一朵接一朵地追着开
我们弯腰的动作此起彼伏
看看坡地上也到处是此起彼伏的身影
春天里到处在挖坑
要么起坟,要么埋葬

2015 年

祁连山中

从刚察县到祁连县的
山路中
许多条溪水穿山越岭
它们很细弱
但不断地流淌着
像有人在大山里写书
——它们是一行行文字
高山颔首
羊群啜饮它们
它们流出祁连山，流出青海
它们是源头——一本书最初的
几行字

2017 年

秋颂

庄稼被收走后
我的心像眼前的田野一样空阔
一座座坟显露出来
那是我久久以来想说出的
它们自自然然散落在田野上
宽敞、澄明的归宿
与最低的野花野草在一起
我闲坐在它们中间
从未有过的踏实坐在我身旁
我曾经出生,也一定消亡
像初霜落在剩余的草叶上
我没有悲伤
我曾经的热烈都已交付
想到我也有融化于阳光中的一刻
我的心就是一粒草籽

2017 年

星空

冬夜,我从烟雾腾腾的牌桌上
出来撒尿
抬头看见星空
它就像一个死去多年的人
突然出现在我面前
这是我小时候看见过的星空
星空里住着神
就是那位曾听我说出
心中愿望的神——我想同它说话
说我想赢,赢,我输得太多
星空从头顶无言地铺展过去
神没有听见,但也许它听见了

2017 年

许多事物消失了

许多事物消失了
只留下传说在唇边
传说也消失,只留下
文字躺在字典里
我驻足一个叫码头镇的地方
禁不住拔一把这里的野草
探望根部并不存在的水纹
小镇人眼里流失的一条河
他们说话声里
一个江湖的南腔北调
田野静谧的黄昏
我竟然听懂了渔歌和一个
浪荡汉子发明的小调
夕光留在枣树梢头的最后一瞥
竟有一位风华卓绝的女子
转过身来,让鱼市骚动
鱼们趁机溜回河水
她从何处而来?
她的腋窝里是否有红包袱
裹着一个女人远赴他乡的初心?

许多事物消失了
但曾让这些事物呼吸的空气还在呼吸

不存在的河水还在上涨
手上的鱼腥味依然浓烈
民歌的曲谱像田地秧苗
不交船费的水鸟借桅杆而来
如果我在人们的脚趾上考古
定会发现水浪的颠簸
让骨节留有足够的弹性

许多事物消失了
但它留下的名字一直立在水边
像这里的婴儿
被命名时留下的冲动一样
寄寓了霞光似的吉祥
不用打捞,我睡在码头镇的那一夜
身体摇晃,梦里亮满河灯
水草像鱼滑过皮肤
亲戚走下船板,带来初见很难
日后成为朋友的异乡人

许多事物消失了
时空中一直留存着一颗
因消失而变得无边无际的心
像我一样固执
像我一样莫名其妙和重温

2017 年

简介

那形成我的秘密通道
是尘世生活与深邃天空
的一致性
在我身上惊人地发生
这全赖于少年的庭院夜凉如水
全赖于星星的诗篇展开
人间浩繁的长吁短叹

2016 年

卷二 ｜ 划亮火柴

在柏林禅寺与众僧人午餐

碗筷寂静无声
滚动的喉结寂静无声
方脸和圆脸寂静无声

天地间,一粒米
寂静无声

            2006 年

幼儿园

满屋子都是花花绿绿的纸
每一张都没有被耽搁
动物和植物开始生长
星星和太阳同时歌唱
整个屋子快要飞起来了
它让一个老者突然失重
一头扎进偌大的
纸玩具箱里
一双双小鞋排列整齐
小得让人心碎

1998 年

深夜

草木隐身到黑暗中
那里有它们的呼吸和思想
就像那些死去的人
我们怎样才能接近?
是否要等到我们的肉体
彻底安静下来
像天空巨大的摇篮
等到万籁俱寂,虚空直抵人心

2010 年

石头

没有一块石头不陷入终生回忆——听!
它们在谈论
　　　　——为何身处此地

我听到这些深渊里的耳语
从高高的山坡滚落
内心的狂喜

我不能靠近石头的心脏
而只能是一只耳朵
我不能保持石头寂静的高度
回首刹那
月亮盈满空缺的山冈

2006 年

枯坐

深夜里枯坐
仿佛大事来临之前的
无所事事
在我的头脑里
什么都不映现
星辰、露水
前身、后事
一切都不说话
我的身体正在变凉
像夜色里升起的寒气
我是尚未聚敛的碎片
远远近近地散落

双手交叠的荒凉
枯坐里没有思想
但黎明是一件大事
对于它的降临
枯坐是一门古老的道德
就像夜色里的草、树和土壤

2007 年

春

古老的温暖带来安谧
静止——心停泊在时光深处
屏住呼吸,体察光线乍泄
透明的草尖婴儿般独立、勇敢

2002 年

划亮火柴

我擦亮一根火柴
那是一根受潮的火柴
我使劲才将它擦亮
那声音就像撕开一封
黑暗中的来信
黑暗是一部大书
在微弱的光亮里
我只能读懂
眼前的一小块
如果被风吹灭了
我就再划亮一根
并把它放在
合拢的手掌里护着
我的半生
就是不断地划亮火柴
又不断地被风吹灭

2005 年

白花花的阳光

整整一院子白花花的阳光
无人照料
在一院子白花花的阳光里
我就是那个独自醒来的孩子
使劲揉着惺忪的眼

2006 年

百米观光塔

比起他们,我空洞、无凭无据
站在奇崛的高塔上尤其如此
他们的欢呼像逆风的燕子
有人找到自己的出处并落泪
中年妇女看见日出——像一只老母鸡在孵蛋
而我什么也找不到,指不出
我大概生活过,大概的我站在高处
无法把握那些曾经寄居的细节
无法将那些点同我的内心重合

2011 年

忏悔

小动物以它们的牺牲喂养了我
少年的欢乐,比如那一对正在造爱的青蛙
瞬间被我穿在铁丝上示众
那只误入屋子的麻雀
被我点燃抛向空中
在划亮火柴的刹那,我似乎忘了
麻雀是要用翅膀来飞翔的
而青蛙的歌唱
是我小时候唯一的乐队
我慢慢迫害着它们
我让急匆匆赶路的毛毛虫永远回不了家
我让交配的蝴蝶惨死在欢乐里
它们的挣扎是我快乐的源泉
燕子是一个例外,我从未下过手
这得益于民间谚语
而杀死一条蛇带给我的快乐
已非同一般——它大于快乐
多年已过,这些欢乐至今被原谅着
鸟儿们用轻盈的飞翔
昆虫们用忘却忧虑的歌唱
原谅着。我的心
变成了谁也看不见的坟场

2012 年

冰冻

白色雾气迈着
一只猫的步子
来到河上

上溯河的源头
观望泉眼
感到畏难

在一个深夜
冰冻来到房屋的四周
来到家什中间

我们的梦境像火炉里
剩余的炭火

下游的泉眼
冰冻在我们周围
呵着白色雾气

2005 年

追捕

没有捕到那只蝴蝶的懊丧在持续

在花丛中

我端着空网

眼睛紧随那只蝴蝶

那一团光影

仿佛陷入一场持久的梦幻

它不住地上下翻飞

又突然停在叶子上

它不断地引诱我

往花丛深处跑

那翕动的翅膀仿佛在挑逗:

来呀,逮我呀……

我已分辨不清

吸引我的是蝴蝶 还是

捕捉本身

因为这种捕捉有着难言的柔软

和恍惚

它完全不像追捕一头野猪

一直追到一堵墙面前

我才看见一根针

正穿透蝴蝶的心脏

才看清它的身体:粉底、黄点……

1996 年

穿越公路

一只毛毛虫的身体
行进在大地上
剧烈地涌动,触及最偏僻的脏器
像划船水手的身体
它正在穿越一条公路
就像那个同时穿越
公路的人一样
浑身充满紧张

2003 年

交谈

面对落日无言的伤口
群山也束手无策
我独自来到山坡上
同一棵榆树促膝交谈
我们谈到各自的苦修和漂泊
谈到我们的前世
两粒种子在一场大风中的错位
谈到我们各自所需要的肥料
谈到山坡下
我们用一生也走不进的
小小村落
谈到无垠的月色——啊月色
多像我们的交谈
因无用而明亮

2005 年

惊蛰

我是时光的差役

春雷滚过我的身体

滚过我身上厚厚的卷宗

像一朵朽木上快速冒出的蘑菇

我摸索着自己苏醒过来

开始黑暗的狂奔

我承受楼宇在城郊

拔地而起

汽车停满花园

草根被拔除后留下空虚

我承受但看不见

就像看不见

那唤我上堂的布衣县令

我只用身体继续审理

大地的旧案

2012 年

阳光照耀着大家

阳光照耀着
正在生活的人们
阳光尤其照耀着病房前深重的病人
照耀着铁丝网下的囚犯
照耀着那只
被牵着走向餐馆的小羊
对于他们来说
这也许是最后一天的阳光了
阳光啊,请你不要过于温暖
因为那样
会使他们离去前因留恋而生的痛苦
有所增加

2002 年

遭遇羊群

一大群绵羊迎面轰响而来
我深陷其中

突然同一大群羊脸面面相觑
我感到其中的尖锐

我想转身,像其中的一只同它们一起走
但我们方向相反

轰隆隆羊蹄子的声音
此刻我说不清自己在哪儿

羊群过后,我站在满街的羊屎中
仿佛在领受它们鄙夷

2011 年

清洁工

马路上，一位女清洁工在追赶一张纸片
这是一张顽皮的纸片
本来它已被拣入铁簸箕
可一阵风又把它吹出来，吹到
马路中间
女清洁工弯了两次腰才把它逮住
这位女清洁工的两次弯腰
是这一天里，我在这个世界上所看见的
最干净的动作

2011 年

装卸工

一名装卸工在庭院中央洗脸
这是他下班后
每天要做的事情
满满一盆清水
被他用两张大手撩起来
水花四溅
他的嘴里发出
畅快的噗噗声
盈满了整个庭院
他洗得坦坦荡荡
他是一名卖足了一天力气的
体力劳动者
他无愧于这一天,无愧于这盆清水

2004 年

农妇

农妇坐在老屋旁的阴影里
面朝大路
好风吹过尘世
她灰白的头发见证着
似乎在说:我就这样活过来
我是谁的母亲或是祖母吗
——没有什么,他们都走了
没有一棵庄稼轻饶过她
也没有一个日子值得再提起
只有酷热中的一阵微风
抵过一生劳苦
她因此偶尔会笑一下,露出一颗牙
也没有的牙床

1999 年

十年

——给王家新、王桂林、长征、邵凤华

暴风雨落在黄河三角洲这样开阔的
地方,与落在某条市井街道
有着完全不同的回响
十年,我们的骨骼在变小
但雷声还在我们的身体里
隐隐约约,并未走远
十年,时光并未把大水蒸发掉
它只是变作了不再连接的一洼一洼
甚至一滴一滴
再过十年,我们也许已没有力气
来谈论一场暴风雨
但绵绵细雨会在我们的谈论之外
下着,下着——直到沉默
淹没我们的头顶

2015 年

我辜负了一生的露水

两眼茫茫,我辜负了一生的露水
针尖一样匆匆的露水
重如石头的露水
虚空紧攥着
将明而未明的时刻
爱一样凝聚、坠落
滑向命运的秘密之根

我用一生也没有推开
一滴露水,我用一生也没有留住

2015 年

华北平原

急促的雨点扑打车窗
像受惊的蜂群

一只鸟在吃力地向上飞
向雨倾泻而来的方向
那里闪电炸裂

小小的身影
在飞,是一只檐下的麻雀
而不是雄鹰

在狂暴的雨中
又一个小镇,穿着雨衣
被雨刷划过

2012 年

卷三 | 锄头

落叶

落叶知道自己
它是我的老师
我还挂在树枝上
等待小鸟啄食干净

落叶知道自己
它是我至圣的老师
唯一的
含着霜雪的金灿灿的老师

落入尘泥的
一片不剩的老师呀……

2018 年

牡丹

牡丹长在大田里
在大粪里盛开

没有国色天香
没有江山万里
那些画上的题字
说的其实是大粪

2018 年

父亲

幼年时,我看不见他
他在我的欢乐之外
他给我的那个眼神
我把它刻在生命里了
但我浑然不知

至青年,我忙着征服世界
父亲又给我一个眼神
我把它刻在生命里了
我同样浑然不知

当挫折找到我
还是父亲的一个眼神
刻在我们的生命里
我依旧浑然不知

后来,我的白发
追赶父亲的白发
父亲用眼神问我:可以坐坐吗?

父亲死去多年
与他有关的物件全都消失
只留下那眼神

这份遗产
我无法与兄弟姊妹分割

2018 年

低头
——读罗伯特 - 弗罗斯特

那条沿着院墙的小路
少有人走
那里花树拂身,青苔湿凉
无花果树,木槿树还有高大的蜀葵
使我伏身低头才能穿过
一路低头,一路欢快,笑声也出来了
像一只翻飞的蜻蜓,或是
一架纸飞机
在花木下,谦逊之感油然而生

2018 年

树木

窗前之树为我
在那里生长
在微明的光线中
我们相互看见
从不放弃在黑暗里
也相互洞悉
它在仲春还不发芽
是在告诉我
春光无限
无常也无限?
它有时是我的隐喻
有时是我的哀悼者
它有时现身
替我招待客人
以风雨,以生涯
我们相互叫不出名字
我们在相互的
黑暗里求证

2017 年

老年

慢慢走着
一样的白发,佝偻
被时光押着

根本没有所谓老年
我们仍然是两只空碗
但更像自行车的两个轮子
一前一后
不说话
前面拐弯,后面跟着拐
不需要叮嘱、分辨

在天空下
我们都是自己的悼念者

2018 年

吹笛子的人

使夜晚如此动人的
断音、残句
隐身黑暗星空

我披衣出来听
逐渐听出一个人的努力、挣扎

音符破碎,就要通过一个音时
又破碎
一个人寻找自己音调的疼痛

但我看见吹笛人是完整的
他已经是一支曲子

2018 年

历城大教堂

有时徘徊,有时急走
上世纪八十年代末
我花三年时间在它身边走动
却始终未能走进去
更没有见到主的面
有段时间我茫然无措
以为灵魂濒临绝境
临到门口却又站住:
我其实没有什么值得拯救

沉浸尘世爱情
拿着书本、饭盒和避孕套
在教室和寝室之间来回跑
它带来痛苦时也带来
大教堂塔尖上天国的蓝
带来斜阳的素手打扫
教堂身上的鸟粪
管风琴和唱诗班的歌声
仿佛纯净、神秘的天籁
给我——无言羞惭

我的记忆还徘徊在
大教堂深长的光影里

它宽厚的石头底座
依然没有离开的
市民的住房、街道、小商贩的摊位
青春和大学——苦苦支撑的心啊
天国依然遥远
但它油漆斑驳的大门比原来
宽了数倍

              2018 年

锄头

我凝视过家里
一把锄头柄上的木纹
那是远嫁的姐姐
留下的水汪汪的眼睛
那是秋天带走的蜀葵
是山水,层层叠叠
从其中生长出来
我甚至听到
手与锄柄的摩擦
我们一家,一生,甚至几代人
共同的摩擦
就像画笔在宣纸上
发出的声音
却是一种画谱上
找不到的皴法

2018 年

山村

两棵古松
紧紧抱住一座破旧的小庙

就如同垒砌的石头
紧紧抱住一丁点儿泥土

就如同几座房子
紧紧抱住陡峭的山岩

就如同溶溶月光
紧紧抱住凸凹不平的人间

2020 年

卷四 | 黄河

春日墓园

一阵轻风看不见
但它经过墓园的杏花树时
被看见
像一只手的抚弄,留下痕迹
就在那一瞬,我仿佛看见
自己的一生:一阵轻风
漫长,不易察觉

2018 年

春天

大粪味扑面而来
田地上热气腾腾
桃花开了
麦苗青青
燕子向过客招手
我执着于这味道
在我的头脑里
一个青年背着电脑
回乡的身影
(他的口音新鲜好听)
来回徘徊
与新立的石碑前
烧纸的味道
汇合在一起
我执着于这味道
村头小庙里的和尚
担水做饭
(自来水管坏了)
野菜开始生虫
我又开始拥有
自己的"祖籍"简历
我执着于这味道
弥漫在空气中

却不呛人
深深吸进胸里
盖住了不远处
工厂的味道

            2018 年

黄河

傍晚,在黄河边树林里
我有些焦躁
一只金蝉在爬树
它们爬呀、爬呀
连时间本身
都在一旁着急、催促
喊哑了嗓子

黄河披着暮色东流
宽阔,浩荡
像一只巨大金蝉,因慢辉煌
把飞逝藏在
不动里

2018 年

黄河（二）

越来越多的桥
像筷子横在
这条从碗里流过的河上
装满泥沙的波浪——跪俑
不断出土
散步过河的人
幽灵一样日夜往返在河面

2018 年

吃饭

奶奶双手捧着白瓷碗
一双筷子横在上面
她双眼瞅着碗里的食物
迟迟不动口
此刻,有大火气的奶奶
变得慈眉善目
仿佛碗里有座小庙,有个天
她从容、安定,仿佛只有这样
才对得住碗里的东西
其实碗里有什么我并不知道
我只是饿——在那个年代
奶奶吃饭
更像祷告

2018 年

嘘……

葬礼上有哭声
洗礼上有笑声
生命是一根放在唇上的手指——嘘

生命是一块土
是一个星球
尘土随风雨
或聚,或散,但一直持续

是一块能种的土地
或是一块荒地,嘘——

2018 年

眼神

我的眼神没有回到我的眼睛
我把它遗忘在一小块田野上
它点亮芦苇荡和落日
燃烧落叶
它遇水成河,遇树成林
它就是早晨欢快的露水
从一片叶子跳向另一片
它仍是家北湾荷叶上的一只蜻蜓
尽管家北湾早已消失
我的眼神没有回到我的眼睛
它进入偏房被废弃农具的心灵
对那头受伤老牛的怜悯
让它焕发格外光彩
甚至当年面对公社打狗队的气势汹汹
它与大黄狗眼睛的生死交流
依然充满勇敢和温暖
我的眼神没有回到我的眼睛
它在大地上流浪
被人掳掠,铸造成银币的贪婪目光
我空空的眼眶像神龛
但神已不在,我瞎了——
在这座电光迷离,空气中充满
急迫之声的城市

我两眼茫茫:他们赶赴什么
我又要去哪里?
没有人再来赞美我的眼睛
因为它已经失神

2018 年

小动物之爱

我不爱狮子老虎
我只爱小动物
比如猫、狗、麻雀等等
在严寒冬夜
我会把楼道门打开
免得它们被冻死
我会给它们送吃的
而且要放在
它们能吃得到的地方
我做这些的时候
总是悄悄的
不愿被别人看见
我是个大男人
我原本是应该爱狮子老虎的
(我所受的教育也如此)
但我只爱身边的小动物
它们同我们生活在一起
多少年了?
谁能说得清
我深信我们命上的
一些东西
就藏在它们的眼睛里

2018 年

心跳

深夜岑寂
我听见自己的心跳
像一头遗世孤立的小兽
在树林间隐逸
有着夜空微微的蓝
仿佛来自遥远的星

当白天我融入万物
则它进入树木,街道,人群……
在其他生命里发出回响
但它知道自己
发源于某个深夜

2018 年

西伯利亚的傍晚

旅店外面,手风琴拉慢音
琴声是我幻想出来的
它的忧郁也是
但它的确响起了
在很远的地方
我的灵魂早就在这里生长
我来这里与它重逢
天空旷世的蓝
原野,森林,河流
——大家抽着烟,赞美着
望着空中的蝙蝠
一辆越野车载着少男少女快速驶过
这里的年轻人怎样取乐?
因为天空高远、肃穆
流放者的眼睛
像暮色中倔强的烟头
森林里十二党人的小木屋还亮着豆灯
原野上的野花
还被囚徒的镣铐锁住
空气,命运,那未曾消散的
——哦,我是来与它们重逢的
我在心里缓缓跪下
在星空上方,美与苦难肩并肩坐着
相拥而过

2017 年 7 月贝加尔湖畔

母亲

院子里,母亲在缝制自己的寿衣
一针一线,死亡顿时变得平常
像母亲不太好的针线活
我想同她说说话
但又觉得说什么都不合适
她缝得很认真
歪歪斜斜的针脚
让我觉得她比平日里可亲许多
此刻,那最终要到来的
她没有回避
而是告诉我该怎样迎接
这减缓了我内心里的痛楚
——死是那根线
终要穿过每一个针眼
而当她不知该怎样缝下去时
就仰头看看天
仿佛她早已故去的母亲在那里
而她扎着两条小短辫,仰着脸
接受着隔世的训导

2018 年

米

米把故乡藏在身上,
石头硌牙的那声"哎哟"——

2018 年

卷五｜安宁寺

冬天

满地落叶已枯
每一片都包含破碎之声
这荒凉揪住我的心
仿佛是离开源头后
我还在苦苦挣扎
仿佛是丧家后
我还在等待一场霜,一场寒雨
将想家的心也夷为平地

2019 年

故乡

在一块又脏又破的绿缎子手卷上
我找到了那只凤凰
在废墟堆破碎的青瓦片上
我找到了另一只

在故乡咬紧牙关的眼神里

我找到一种飞翔
那是残缺的墓碑后面
祖先灵魂的模样

2019 年

瓜州

我是一名苦役犯
住在瓜州村庄:
六工村,七工村——十四工村——
这些名字就是我的来历
汉字在这里变得极其简陋
像这里的戈壁一样荒凉
这些汉字就是我的表情
在这些笔画里
我仍然是戍边苦役犯
修长城的囚徒
镣铐发出的"哗啦、哗啦"的声响
仍然在我脚上

2019 年

还原

病痛折磨我
让我还原成一棵草、一株树、一片天
另一个人

草要开花。树能结果。天,无法确定
人,不在世间

这也是自我折磨的结果

2019 年

黄河

一些朋友向南走
另一些向北
不顺路捎上什么
这里多的是槐花和杨叶

你的爱你带走
我的风沙我留下
不用挥手不必回头
黄河是一条作证的河

日子又像回到昨天
一壶酒里泡着落日
干脆砍了门前的消息树
省得鸟粪往酒杯里落

月光不值钱
一生一世找不到家
一些朋友向南或向北
不顺路捎上什么

2019 年

黄河

天上的云和地上的云
混合在一起
全部囤积在河面上
还没有下雨
已经有厚重的腐殖气味
从大堤的尘土中传来
这种阵势
也只有大河才配得上
我久久注视着河面
不放过任何细节
荒凉的河岸
飞鸟隐身在树林中
在云与河面交接处
短暂的光亮里
我看见黄河的脸
露出来
我不相信自己的眼睛
但分明是看见了
我知道这是幻觉
是因为我注视河面
太久的缘故

2019 年

黄河沙

抒情诗人千里迢迢而来
却不肯放下背上行李

尽是春风垂柳之词
尽是云絮白杨之语

咏失传的仁义礼智信
重授我以温良恭俭让

不肯放下背上行李
无法放下始终要背着的命

倚仗什么写下词语
无法分离的苦痛已独成气质

必须背着命抒情
孤独与荒凉是唯一营养

2019 年

残雪

今天我看见的那一溜残雪
比昨天缩小许多
路旁的枯叶中
如细若游丝的呼吸

一定还有另一种呼吸
不吹拂在人的脸上
而在残雪一样的卷册中吹拂

一定还有高古之人
一直死到现在也没有放弃他白色的衣袍

2019 年

开河

风吹河面,满满一河水波来自古代
——攻打春天城池的队伍,扛着梯子

2019 年

土

门槛上脱下鞋子
倒出最后的土

拍落身上尘土
进虚空之门

一生都在逃离她
一生都在修改她
一生都在拿她顶罪

躺进墓穴,被土纷纷覆盖
我们的死如此奢华
如此厚脸皮

2019 年

石狮子

一群年轻人在捣毁一头石狮子
毁了鳞片,它还威武
毁了嘴巴,它还嚎叫
毁了眼睛,它依然怒目炯炯
身体全部碎成石块
把它运回山里
怒吼声仍然响在空气中

我看到另一种毁法:
把石狮子缩小成纸压
手中也可把玩,玲珑可爱,包浆发光

2019 年

枯坐
——给伏生

我读一部书至黑夜
书上的字越来越看不清
我无心开灯
这部书在黑暗里我读得更透彻
什么也看不见
我读得更清晰
更能读懂它光明的含义
断流之河
更能读懂手牵手的水滴
叫魂的文字
叫不醒旷野,山川,草木的沉寂
我独自枯坐至深夜
坐姿干净、整洁
唯有枯坐
才能匹配冬天的寒冷,应答无声
唯有枯坐
你才能穿过三千年幢幢黑夜而来
坐在我对面
三生之命得以相托
唯有枯坐
周遭的黑暗,就是火把
命运的繁星,依然无语
唯有枯坐,天心月圆
又飘然无迹

2019 年

羞愧

月光皎洁如古
不在我手上绽放

大雪,如天地之心
没有一片在我手上停留

任河水奔流流向消失
我握不住一滴

有什么呼啦啦过去
我的双手却总是空着

总是因为羞愧
而汗涔涔的

2019 年

傍晚

傍晚的寂静让我惦念一万年
树木失语
晚霞成灰
星辰比高楼上的信号灯还低
传统,像天空被收走的光亮
我突然想到黄河上去
步行三十里
边走边想:它是否还在流淌

2019 年

眼神

想起那少女的眼神
我平生有所辜负
想起她刘海下一袭晶亮的羞涩和无望
我至今不安
那眼神是给我的
一个穷苦少女的礼物
那眼神
像羊脖子上的一根细绳子

2019 年

遗物

众多事物中我难以为继

河水失去源头

草木被吸干绿色

鬼神不生

墓碑失题

我空空如也

轻如微尘

目光所及皆成遗物

2019 年

长芦寺

长芦寺
一张诗歌的床铺
洒满星光、竹影
床下,一双布鞋在朗诵

一个人走,无声
众人一起走
那声音就是朗诵
觉悟发生时
一定有看不见的气势磅礴
围绕着佛

在大雄宝殿
寂静就是诗
我们听清的部分
其实是佛在朗诵
佛没有本地口音

达摩祖师一苇渡江
那芦苇是众生之诗
——是"时光中的精华"

每一处光影、草木

和长芦寺的记忆
都在诵念——佛是一首根本的诗
尘世,仍在修订的稿本

2019 年

安宁寺

我就是寺里的一个小沙弥
我没有父母
也没有名字
我终生侍奉两个字：安宁
我不停地念
让这两个字长高
世界变坏的速度
也是我念"安宁"的速度
我念安宁
就是念父母
就是念自己的名字

2019 年

鞭打

在公园里鞭打花丛的人
与鞭打牛马的是同一个人
与在人身上试刀法的也是同一个人
与提着蒙布鸟笼的也是同一个
与在广场唱红歌的,在墙上用刷子
写标语口号的也是同一个
同一把鞭子,同一把刀

2019 年

蔡伦井

我有面对一张白纸的羞愧

我胡乱写下的
都成为我的判词
我最初颤抖的笔画
都成为我的归宿

我修改的
我揉皱的
我撕毁的
如今,都在这口老井中
清澈见底

2019 年 9 月 21 日于桂阳

九华山

是什么神力让悬崖峭壁
接住天外飞来巨石?

是怎样仁慈使绝壁贫瘠的石头
长出高大松柏?

年轻僧尼的衣袍
青灰色,普天下的苦色啊
竟留下欣欣甜味?

身体残疾的乞讨妇女
脸上没有哀怜
眼睛里的端庄从何而来?

下山时一群快乐蝴蝶
红黄色双翅合十,竟向我念:阿弥陀佛

2019 年

处境

机舱里只有一个座位属于我——23A
窄仄,拥挤,双臂不得伸展
与邻座共用的扶手小心翼翼
机舱窗外却云海茫茫,山河辽阔
我看见它们,我兴奋但不能
手舞足蹈——这是我的处境——
我只拥有一个座位同时拥有
云海山河
它们在我眼中翻腾着,延伸着
但总有个声音提醒我:
机舱里只有一个座位属于你
这是两回事,但也是一回事

2019 年

为志华印本诗集

为志华自印一本诗集的念头
一下子跳出来,像从云后出来的太阳
把我照耀得浑身通透
随即,我在心里勾画起来:
封面,绿色,不,是暗绿
三十二开,不要大
纸要粗粝一点,手感纯朴
六十首?还可以少点、再少点
字,黑体的标题,而不是圆黑
诗行应是宋,而非仿宋
字小而真切,字距之间
要能安顿她诗中那大地般隐秘的语感
题目与正文之间
要有大片空白,以便她的诗
如孤悬之月上升
如眨眼的星辰和凝结于黑夜的露水
——我兴奋地勾画着,描绘着
一遍又一遍,包括页码字号的大小
包括她简介的撰写
要简到像初春一段树枝上寥落的蓓蕾
志华残疾而贫穷,不能行走
我也无力花几万买书号让她的诗集
入书店,上书架

诗的传播也是诗的一部分,是诗的倾向
我甚至认为,志华的诗更适合
亲手奉送给朋友,带着体温,带着
她乡村生活的羞涩,像递出一卷
心灵的秘密手札
我想象她清新的诗行进入少数
而卓越的眼睛和呼吸
我的心就怦怦直跳
我就完全沉浸在对这一册薄薄诗集的
疯狂想象中,整整一天难以停止
直到快要回家了还没有安排好最后一页
这件事深深攫住我
为志华印一本诗集
像在构思一首诗
一件干净的事快要抵达朴素那至高的快乐
它让我安静地坐在路边
雨又下起来,雨线和打开伞的行人
像梦和种子

2019 年

题香山

我藉藉无名
归于山中
不是它们
又能是谁呢:一块石头
一片松林
一颗坠地樱桃
一条溪涧等待山水注满

2019 年

香山溪涧

一道坚硬石溪
从山中奔跑出来,但水的声音
被香山寄存在某个高处
农历四月山中雨水奇缺
曾经因为溪水之声
不绝于耳的香山,如今是一座空山
但在近处,它掩藏了
樱桃坠落的声音
双手合十的一瞬

溪涧布满石头
形态各异,但圆形居多
这是水,是光阴的遗物
是树上的果实,斯奈德《尤派特溪》上的
一颗心,无比清晰的头脑

没人喜欢坚硬的石头
除非它拥有奇异外形
捡石头的人所弯腰的
是时间制造的辛酸,是一块石头里
隐藏的偶然,或者是命运本身
这一切都是美的起源
但并不为人所知

2019 年

我活得不如一只鸟

我观察过鸟的咽喉部
那里流线型的羽毛
翕动,便有美妙的啼鸣发出来
声音自由婉转令人动容
那是它想说的话儿
那声音有着不同的表情
我不由得摸摸我的咽喉
喉结在滚动,但有的声音能发出
有的不能
我想到我的同类张志新
她的咽喉被割断时
所有同类都会下意识
摸摸自己的咽喉
为了堵住声音
咽喉部是下刀的最佳部位
刀刀干净利落
我想,那位刽子手在看见鸟
自由婉转啼鸣时
也会首先盯住它的咽喉部

2019 年

命运

对于她,我永远是那个
在公园一角爬石头的孩子
石头黑黢黢的
棱角处已被我磨得发亮
她什么都不告诉我
只呈现巨大存在
我不停爬上、爬下
寻找她的嘴
我不知道什么是现在
现在在未来的前面还是后面
她只和我游戏
只独有我
她是宝藏,也是我秘密的探宝伙伴

2019 年

冷血

这里的草木你已熟视无睹
它们被你看旧,无伤而败,无谢而凋
你每天围绕它们转三遍
你分辨它们,查实它们的名字
找出它们的关系
你的眼神——从诗人,到植物学家
再到一个户籍员是如此短暂
从好奇、惊叹、赞美,到它们的反面
——你怅然若失,你失去了它们
你因熟视无睹而冷血

2019 年

立秋

立秋十八天
草木停止生长
天下的野草必须结穗
再不结就不必再结
天下的昆虫都嗅到自己的大限
再嗅不到就要迟钝一生
鸣叫的,更加用力
沉默的,更加无声
这一天的苍茫和欢喜
结出穗的诗篇
多少死亡里包含着成熟与收获
香甜的,苦涩的
立秋十八天,天空高晴
没有哪一个时辰确凿无疑
但慈悲确切到每一个根茎、叶片
每一棵再细弱,再偏远的卑草
都会结出自己的天涯
那上面携带的种子
是它们曾在世上走过的明证

2019 年

秋日

秋日呈现巨大安详
仿佛一个人忏悔过了

我慌慌张张走来
慌张就是罪
就是心还不够端正

中秋的月亮是教诲
父亲生死都在此刻
他刚出炉的骨灰月光般洁白、安详
再次止住我的悲哭

安详如此饱满
但无所期待
像秋日的时光本身
爱者比被爱者更安详

我们丧家后无所期待
《道德经》无所期待
佛的大欢喜无所期待

安详无所期待

2019 年

刨树

一棵枝繁叶茂的大树
被连根刨出
在它倒地的刹那
天空歪了,树颤抖了好久
才停下来
此刻,刨树的人气喘吁吁
就像谋杀完成一样如释重负
肆意坐在树身上抽烟
过一会儿,他们将再次动手
就像肢解一只巨大动物一样
砍去树上的枝杈
然后将树五花大绑
装上加长的汽车运走
随即,那个巨大树坑
也像一张呼喊的嘴
被填平、捂住

2019 年

年节

烧完纸,磕三个头
转身离去

我又是孤零零的
坟也是,星星也是

一小块木牌写上先辈的名字
仅仅是几个汉字笔画

一写上去,它们就活了
我心头一热,它们就活了

2019 年

鸟巢

在傍晚的小树林散步
他四岁,我已很老
他专注地看树
而我漫不经心
他在树枝间看见鸟巢
他说:你看,老头儿
我说:什么呀,那儿什么也没有
他看见鸟儿跳来跳去
觉得那儿应该有个鸟巢
否则,鸟儿怎么回家呢?
那儿便有了个鸟巢
这种事他看得见
而我的那只眼睛已经闭上

2019 年

写字

我痴迷写字
一笔一画,端端正正的汉字
纸片空白处呼唤我:别停
笔尖像神秘泉涌
我写下的字都活
坐起来看我——蝌蚪、玉米、树木
栅栏、星星
那时我不知道,那里面还有
江河山川、生老病死
有看不见的我自己
我更喜欢用树枝
在干净的地面上写
一撇一捺的筋骨,笔道深刻
仿若大地是一块碑
日光写下草木
我写字的时候
总有一种恩情环绕笔端
像晨曦环照田畴
每一个笔画都沐浴着光
祖父看我写字
他不认识,他只是笑
幼小的我在笔画里长高
写字让我坐姿干净、挺拔

让我的心追摹着

飞鸟、游鱼、房屋——我住在其中

那飞雪的踪迹,流水绵延

苍老天地:望着我

每一个笔画都成为命运

沐浴着光

环绕着一种恩情

2019 年

卷六 | 天地

故土

树根被刨出来,斩断
这是我到处乱跑的原因

我靠什么活着
靠什么坚强,不动摇

那些不动的树每时每刻
都在惊醒我

其实是黑暗中的河流、岩石、矿脉
在为我输血

可我活着的根据已丢失
像一个会计丢了票根

不知道父母是谁
不知道命该往哪里扎

2020 年

皈依

去年的落叶已变为黑色
开始融入泥土

一个崭新的开始
哦,开始,让我眼含热泪

融入更广大的孤独
那是天地无声的喜悦

我不用再叫着自己的名字到处乱跑
大地是我唯一庙宇

2020 年

黄河

落日下
黄河更加开阔
像我在世间的痛苦
一样迂回,缓慢

我没有语言
甚至想不起痛苦的根源

一棵芦苇,一粒沙的根源
一个国家,一个时代的根源

2020 年

清明节

黄河滩里
一丛枯草还保持着去年生长的姿势

这是艰难时刻
黄河波浪废弃,河水打着绷带

绿色早已被吸干
霜雪还捂在怀里
那个抱着先人骨灰走过来的人
还在生长

2020 年

早晨

我看见一对老夫妻
把头埋进垃圾箱
后面跟来门卫的呵斥和辱骂

晨光迟迟
父母的光辉在哪里

我不愿念书
我活得不正当
一个更大的垃圾箱
让我浑身长满霉菌

黄河上孤苦的黄土、榆柳和防洪石
我从没关心
从来没有

2020 年

春天

柳絮是惹人想家之物
它烦人,恼人
如同只是想,回又回不去

正是人心里草长莺飞的荒凉

是废弃的村舍
是悲情泥土

柳絮抚摸这一切
像一只猫企图唤醒另一只
它以为妈妈还活着

2020 年

被修改的松树

我在被修改
被锯子、斧头、铁丝和人心修改
他们改掉我的茂密和飘逸的长枝
将我的幽深改掉
代之以一览无余
将我的自然与挺拔改掉
改成一副副向观者献媚的盆景
他们改得那么用功,认真
连幼松也不放过

2020 年

不明不白

小孙子看见戴口罩的人就哇哇大哭
在他眼里，那是怪物，是魔鬼
一张张真实面孔隐匿了
口罩后面充满危险
而仅靠眼睛，小孙子看到的是莫名其妙
即便是当医生的妈妈戴口罩
他也会愤怒，说是坏妈妈
他躲着，眼里充满惊恐
就像他看见楼后面的监控探头
总是不停地问我：它为什么在那里？
他会不会咬人？
在他幼年时光中，这些不明不白的东西
给他带来的不安无人能体会
现在，他在窗子上往外看
看见院子里的人都戴着口罩
他不知道发生了什么
疑问和紧张写在他的眼睛里
我知道，跟这么小的孩子解释是徒劳的
他看不见病毒，我们也看不见
在他眼里，那些戴口罩的人
就是病毒

2020 年

声音

我在等你说出心底的话
说出来你就可以安心走

没有从心底发出的声音
怎能成就一个人的生死

你我浑身散发着蜡味
这是我们长期黯淡的原因

没有从心底发出的声音
天怎能亮,虚无如何现身

你说吧,从心底发出的声音
遥远如另一个世界也能听见

你说吧,我在等你心底的声音
唤醒我内心的枯枝

哦,没有从心底发出的声音
幅员辽阔的灵魂多么空寂

2020 年

无名氏

在满夜蛤蟆的叫声里
我听出少了一只
那一只让饥饿的无名氏吃掉了
有一天,她突然对我说:给我逮只蛤蟆吧

无名氏无儿无女
她是叔叔家的"奴隶"
走路一瘸一拐
背大了大堂弟、二堂弟

满夜将永远少一只蛤蟆的鸣叫
那是无名氏来人世一趟
唯一愿意带走的声音

2020 年

泪水

父亲再也没钱治病
跳河死了
妈妈让我和哥哥
用手推车把他推回来
路上,乡亲们叹息围观
我想哭。哥哥严厉地小声制止我
我把涌上来的泪水
一下子全都咽回去
那泪水,呛得我咳嗽不止

2020 年

梅香墓

梅香是我同学的姐姐
四十年前她是县城漂亮的女护士
她死后被匆匆葬掉
墓碑上"梅香"两个字潦草、零乱

我在墓园里上坟
无意中看见她的墓
心头一惊：这就是当年为爱和名声
而死的梅香
那么年轻，那么自私
如今像是个传说

不能指责亡者
或许当年她不能分辨爱和名声
到底为哪一个而死
或许她分辨得很清楚
两者都值

我不知道爱和名声能存世多久
我只知道梅香墓碑前的小野花
为什么愿意年年开放

2020 年

孔子

丘再次被一个国家拒绝
城门在丘的身后重重关上时
他仰望天空:一轮明月孤悬
那么高,恰如他的沮丧
此刻天下无垠
没有月光照不到的地方
多像他的理想:苍老、执着、找不到家
丘的车马在吟诵,而他痴痴地
望着月光在两国的边界上流淌
他只是痴痴望着
眼睛一眨不眨
这是丘的月光,丘的崇山峻岭
几千年照耀如问
丘要在皎洁月光中求证自己的内心
仿佛已经失神,仿佛刚刚入神

2020 年

天地

我是树枝和飞鸟
从大地上生长出来
却朝向天空
那里寄存着我的秘密幻想
有的因过期而作废
闪电的手因此空空收回
什么也抓不住
天空也住着天空的反对者
它们心系大地
它们是太阳、星辰和雨水
而在云朵的坟茔中
客居着我的灵魂
它们无所归依地飘荡
古老天地，因为我魂不附体
至今分离

2020 年

颖园

古树巨大阴凉像一座神庙
庇佑着我的心
同时,我变得短促,像一瞬
那是风吹翻叶片上荒芜的光
我白白浪费的光阴
囤积在这里:沿着外面的水道、码头四散
仿佛这里是一座育种房
适合再诞生一次
像一只公蜂死去,蛇留下蛇皮

2020 年

鸟背

在高处,我看见飞行中的鸟背
那里并不平稳但无比开阔
整个天空和
连绵群山都生长在那里
那里矗立着一座碑,书写着
"自由"的墓志铭。我想纵身一跃
飞出窗子。哪怕仅仅一刹那
接近那块碑

2020 年

卷七 | 供奉

雪

雪花留不住
但其志向已化为大地上的文字

窗前植梅,心中种松
行辽远之事

足迹留下,又融化不见
酒杯里却活着旷野上千万年的人来人往

下雪是天地在诵经啊
守护虚无——我们的性命,并聆听

雪花留不住
人就是一片雪花,洁白、短暂、永远……

2021 年 1 月

供奉

书架上
杨键用毛笔写下一个"心"字
供奉在圆形小木框里

看见这个字的时候
我心头一惊
仿佛第一次认识这个汉字

多少祈祷、努力含在这个字的书写里呀

我久久凝视这个字
像凝视岁月沧桑的遗照

我久久凝视
看见一个人生活在其中

2021 年 1 月

鸟鸣

鸟鸣声里生长着松树和柳树
像两颗心一样清晰

鸟鸣恍若隔世
或婉转,或流畅,或含蓄
但一样清澈见底

我身上的尘垢让我含着羞愧
在那透明里我看见自己
丢失已久的本来面目

我看见地面上弯弯曲曲的水流
仿若我荒废的德行

我捧起鸟鸣的水滴含在嘴里
那慈母的伦常、善念和优美

2021 年 2 月

荒林

我爱这片荒林，荒草
它无为而安静
我死后就埋在这里
我回家的路在树的年轮里
在无名鸟的叫声里
像一片落叶回到泥土中
树梢上的蓝天里也有一条路
它在星星之间蜿蜒
我必须穿过尘世
甚至要穿过我的母亲
成为回到这里的消逝之物

2020 年 12 月

黄河

傍晚,岸边苦修的芦苇告诉我:
要缩小,再缩小,成一粒沙

黄河远去
我没有一首歌相送,也没有一句言词
河面上有我参不透的星空,一个尘世
有我看不见的落日,一颗不死心

缩小,再缩小,为了获得一种博大的语言
听见亘古悲苦的决心

2021 年 1 月

黄河

夜晚我来看黄河
它像一个词根隐在黑暗中

看不见的飞逝,不舍
穿过我的身体

一代代人过去
带着放不下的命运
像灌满泥沙的波浪

河面上参不透的星空里
荒废的我闪烁

许多语言湮没在河里
那些象征、比喻、字法
变为此时夜鸟的啼叫

但一定不是轻灵的燕子
它活在更为古老的谚语里

我向河面投石块
它开阔的困倦正如我孤独的兴奋

有河的地方人就孤独
更何况黑暗里这条命中大河

2021年3月

追捕

猎豹追捕瞪羚
它们的飞奔犹如神助
生死让神现身
或者说是神在驾驭着它们

作为弱者
我们也常常被追击
我们的神在哪里呢
我们哀嚎,躲藏,束手就擒
神却总是紧紧把我们抱住
与我们一起哭

2020 年 9 月

一代人

一头母牛喝着自己的奶水
它艰难曲颈才够到自己的乳头
它喝着——我们也这样喝
喝着自己,活下来
当冰雪覆盖草茎,或是
原野上的花草充满毒汁
我们喝我们有罪的诞生、出身
我们喝我们的名字、梦想
喝我们的"教育,再教育"
我们不知道自己的奶也充满毒素
我们早已是自己的毒源
但我们必须喝着,活下去

2020 年 12 月

黑暗

1
走着走着人散尽
树影摇晃像在招魂

2
身前身后的黑暗
像蜂箱中安静的蜜
翅膀敛息,心潮澎湃
我用寂灭
才能融入它的浩瀚

3
谁把我丢在这里
谁把我带入星河

4
走着走着就走成自己
月亮升起,那么圆满、辽阔

2020 年 8 月

木佛像

一截无用的木头
在寒山中荒废
你把它捡回来
刀劈斧凿
以霜叶之眼端详它
以冰雪之心捂热它
它有了身形、眼睑、呼吸
在心里,你早已点燃一炷香
在命里,你早已点亮一盏灯
而它早已不是
那截无用的木头
但依然百无一用
同在你心中
没有两样

2021 年 2 月

草木

草木曾是我们最好的导师
现在仍然是

在变幻无常的世界
它告诉我们被遗忘的根本

它以枯萎告诉
生命的短暂

它知道生命是一个过程
却依然对我们说:必须顽强生长

2020 年 8 月

山野

我的心像山野中的红叶
寂寞、耀眼、无人问及
那是被我身体囚禁的心
此刻被山野掏出来
唯有山野的光明能将之展开
唯有山影变幻能通古今
何时阳光已绕过峰峦
红叶的深邃又加重一层
我的身体会同霜寒中的草木一样消失
但我的心会留下,在山野里,心抚摸过的
一定会被另一颗心——天地之心
找到

2020 年 12 月

卷八 | 我的徒骇河

我的徒骇河(长诗)

1
在徒骇河畔坐久了
我无法阻止自己
想变成一只鸟的冲动
我的双臂张开来
骨骼在紧缩
眼睛也在变小
但我知道
我离不开地面
可我的思想
正像秋日的天空变得高远
我悄悄接近
河岸草丛里的
一窝鸟蛋
我想要从根部触摸
孵化的秘密
我偷偷把它们
捧在手上
偷偷看看蓝天
它们同蓝天的距离
比我短
那层薄壳被阳光穿透
我身上的壳却看不见

更似乎永无捣破的可能
我试图接近鸟
接近徒骇河上的鸟
而不是接近
鸟的概念
我想成为从徒骇河入海的地方
顺着河道飞来的海鸟
拥有它们娇小而结实的
骨架和翅膀
红色的
迈小碎步的双腿
鸣叫、警惕和无名
我想成为在徒骇河常住的
一只灰色野鸭
它的脖颈、爪、捉鱼时的
灵巧
以及在河面上梭巡时
超低空的自信
我想成为
它们喧哗族群
快乐舞蹈中的一只
归根到底
我想拥有它们的飞翔
随时离开
又随时可以返回
徒骇河的自由
子非鸟,焉知鸟之快乐

在成为一只鸟之前
我必须先拥有虚无
在成为一只鸟之前
我可以先成为一个鸟人
这是人类的经验
人头鸟身,或是人身鸟羽
书籍,鼎,日常生活的器皿上
留下人类古老的渴望
也留下人类古老的悔恨
选择的无奈,早就在我们的
身体上发生
而鸟人,是一个不踏实的人
一个爱想入非非的人
一个不合规矩的人
我因此不受欢迎
遭人唾弃
在遭人唾弃之后
变幻成为鸟的方式
将生存的理想
寄托于鸟身上
大鹏展翅以言志
鸟尽弓藏以喻世

不能成为一只鸟
享受徒骇河
但我可以爬到树上
看落日驮在鸟的背上

看鸟弹奏波浪的琴

鸟离枝的颤动

鸟降落的微风

我长不出翅膀

但可以在徒骇河里划桨

我可以把人群看成鸟群

人也都是鸟人

有的已变态

比如那些提着鸟笼的人

一个不能飞翔的人要消灭飞翔

一些不能拥有徒骇河的人

要消灭徒骇河

为了练习成为一只鸟

我从高高的树上落下

我的四肢已成残废

我只能坐着

像一只不会飞的鸟一样

看着

蹲在树上的鸟

走在草丛中的鸟

大鸟、小鸟、不同声音

不同颜色的鸟

有名的鸟、无名的鸟

想象着它们借给我翅膀

在徒骇河上

飞翔、飞翔……

2
一条河的容量有多大
比如徒骇河，你可以
测量出它的长度
它的流速
它的发源地和
消失地
它的水位，它河岸的高度
但你说不出
它的容量
它所包含的鸟的叫声
眼神、动作
树木众多的叶子
在风中的响动
枯枝、新芽
云水之意，光影交幻
人与船、船与地
桨声、脚步声、喊叫声、鱼的呼吸声
贫与富、成与败、轻与重
生与死、生与生
死与死
……
都与这条河
有着或明或暗
或近或远的联系
你把自己放大成
它头顶上的天空

你也只能看清
它的曲折蜿蜒
它的渺小细弱
它紧贴大地
匍匐的姿势
但你说不清
它细节的宏富
平和中的凶险
一滴水中的世界
一棵小草的摇曳
一个远远走近它的人
要把它吞掉的念头
一个远离它的人
和它的相濡以沫
而你把自己缩小成
一条鱼的眼睛
你也能看见
水下的淤泥、沙尘、水草
你看不清
河道的更改
泥土的厚度
草根的深度
看不清
你自己的来历——风暴
在天空中孕育
雪覆盖着
一条热血腾腾的动脉

在沉默的河边

长大的人

企图说明它

但他一张口

就是一条鲢鱼的嘴

一只野鸭的嘴

一条树根的嘴

无声的嘴

混沌不清的嘴

也许只有这样的嘴

才接近说清它

与此相反

有些说明离它越来越远

印在书上

在电视里

打领带

风度翩翩

口中的腥咸

被口香糖覆盖

一条河的容量有多大

它的静谧就有多大

它的优美就有多大

它的慢就有多大

它的苦难和幸福就有多大

它滋养人的能力就有多大

我看见了一颗心：一个人的心

一条河的心
生长在河两岸的心灵
像河上的悠悠白云
天地之间
万物心中
都有一条
奔流着的河……

3
一个人要离开河流
离开他的血管
他两手空空
却像是在迁徙

河水日夜涌流
天空中青色的云
漏下光亮
就像是他在醉酒后睁开眼睛
波浪空转着桨叶
桨把上的木纹闪着邋遢的光
一个人要离开河流

在一只小水鸟的叫声里
迈着大步
仿佛是与腰间空空的酒壶
赌气——这是夏季
暴雨打在激流上

船篷"噼啪"响个不停
女人落寞
情欲滔滔

他流落河上多年
他与河的关系
就像野鸭、水草、民歌
与河的关系
他是佚名的
作为河的一个细节,他常常是
河水下的一个猛子
一个粉碎后又聚集起来的浪头
网眼漏出的水

他住在流水上、云朵上、鱼腹中
河流的胀痛就是他阴茎的胀痛
酒后他发狠
用虚无击碎河流
用沉默击碎天空
用睡眠击碎
流转在河上的光阴

河上复归平静
鸟语、树的香气最难耐
他的脚趾已收不拢
眼眶突起,头发里孵着蝌蚪
命不能书写在纸上

在他的叫喊声里
河从东向西流

一个人要离开河流
夕阳、树、小鸟浑然不觉
他要离开
河的两条岸
但他真正要离开的
是河的第三条岸

4
我走进芦苇荡
是徒骇河北边的那一大片
我突然看见了我
瑟瑟着肩膀
蹲在那里
眼里充满凄惶和兴奋
两个我几乎同时
发出一声惊叫
叠在一起的叫声
在徒骇河水面上
汇成一阵飞鸟蹚水的激动
这只飞鸟
或是飞鸟的总和
一直在水面上寻寻觅觅
从昨日到今日
今日恍如昨日

徒骇河丢了一个词
我的写作就永远不能完成
我在徒骇河的水光日影里
遣词造句
灵魂在草木野花的两岸展开
或是顺流
漂起水沫
我像一具空壳，混杂在
一片空河蚌中间

八面强势，但危险
赢在中间
因安静而成偏僻
芦苇荡正是这样的地形
灵感的降临，如鲜亮的晚霞
在徒骇河上的风雨之后
我撞见的那个我
此时正像睡梦中无意
点醒的另一个世界
另一种时间

我悄悄走近那个我时
那个我对我说：你看见我了吗
你凭什么能看到我
你为什么找我
爱国回家了吗
胜利回家了吗

他们找了一夜也没能找到我

他们一定特别沮丧

啊——啊，我真高兴

现在天快亮了吗

妈妈一定也在到处找我

我有些害怕了，但我

永远也不想让他们找到

是永远——长大，然后死亡

我藏的地方，有一颗黑暗中

孜孜欢愉的心

我赢了

我想要爱国的橡皮

想要胜利的铁环

一朵云，妈妈望着它

就忘记了牵它的缆绳

它在徒骇河上漫游，寻找

今日仿若昨日

所有的风其实是一阵风

所有的鱼其实是一条鱼

所有的我其实都不完整

妈妈死后

一朵云，在徒骇河上漫游、流徙

爱国和胜利拄着拐杖

卖他们的橡皮和铁环

企图赎回他们的青春

但他们不知道要卖给谁

我看见的那个我
迷恋着芦苇荡
不愿意让我靠近
他说：爱国和胜利他们
还在不停地找我
他们永远也找不到
不要让游戏停下来，别停下来

我永难完成自己
悻悻地离开芦苇荡
四面强势，赢在中心
徒骇河丢失了一个词
我的写作就无法继续
徒骇河上的泡沫顺流而下
一朵云，在河面上游荡
今日仿若昨日

5
看见徒骇河的落日
我就痛
满满一河的痛
上面洒满金银财宝
就像一个时代的溃败
逃亡——徒骇河也会逃亡吗
它用一生逃往大海
现在它要逃到落日里去

它要逃到记忆里去
用它的诗情画意

看见徒骇河的落日
我就痛
它的阴毛已经枯黄
枝条出现硬折的脆响
作为它的一个器官
我感觉我的胃因无法消化
一个国家的羞耻
而生疼难耐
它碎花的传说像小虫儿
黏在我视网膜的蛛网上
等待死亡
我的肺就是一张一合的鱼鳃
无声里的祷告
我失去了脚趾
徒骇河就像从地图上飘过
徒骇河的落日上
有我的肾啊
满满的一河水
——我的溃败

徒骇河不会放过我
过段时间我就来坐看
徒骇河的落日
我就痛,全身都痛

但不知痛在哪里
水是痛的
草是痛的
河岸上稀疏的秋虫鸣叫
那是时间捂着伤口
空荡的小船上
浪荡汉子在梦里用完
他的精液
像徒骇河一样疼痛地躺着

没有什么可以缓解
我的痛
只有徒骇河的落日
只有徒骇河的无言
它给予我的
也将最终把它拿走

2013 年初稿

2018 年修改、补写

后 记

我喜欢并记下诗人杨键说的一句话：好诗人必须是新人。

哦，新人——

这当然不是说新来者，不是说初出茅庐者。这是在说脱胎换骨的事、凤凰涅槃的事。这是说化蝶的疼痛、挣扎和奋力；蝉脱壳时撕裂背部的痛苦，在亮出翅膀之前全都是黑暗中的绞疼。

成为新人的症状是必须要发生的。

比症状更为根本的，是看不见的觉悟，是通往大欢喜的觉悟。

根本之中的根本，是觉悟的来处：要找到自己的神，并与之建立起稳定的灵魂关系。写诗就是在寻找神灵。神照亮你的生命使之焕然一新。

新的眼睛，新的骨骼，新的呼吸，新的灵魂。

拥有神灵的照耀，不仅意味着诗，更意味着人；首先是人，然后是诗。

这本集子记下了我对心中神明的寻找，记下了我的痛苦、挣扎和觉悟——在通往新人的路上。

衷心感谢刘文飞、杨键两位仁兄为此集出版所付出的辛劳。

赵雪松

2020 年 12 月

赵雪松

曾用笔名雪松,1963年生,山东阳信人,毕业于山东大学中文系。曾与友人创办民刊《诗歌》。作品选入《当代先锋诗三十年:谱系与典藏》《生于六十年代——中国当代诗人诗选》等多种选本。

曾获齐鲁文学奖、泰山文艺奖文学创作奖、鲁竹诗歌奖、后天诗歌奖、《诗歌月刊》探索诗奖、柔刚诗歌奖等。

代表作品

出版诗集

《雪松诗选》

《前方,就是前面的一个地方》

《我参与了那一片叶子的飘落》

散文随笔集

《穿堂风》

《我的徒骇河》

《大地书写》

划亮火柴——赵雪松诗选 1990—2020

出 品 人	郭文礼	选题策划	刘文飞	责任编辑	刘文飞
复 审	席香妮	终 审	贾晋仁	书籍设计	张永文
印装监制	郭 勇	项目运营	有度文化·刘文飞工作室		

投稿邮箱 | liuwenfei0223@163.com
微 博 | http://weibo.com/liuwenfei0223
微信公众号 | YOUDU_CULTURE